KB268030

죽을려면

차라리 그 각오로

살아라

죽을려면 차라리 그 각오로 살아라

초판 1쇄 인쇄 2012년 06월 14일
초판 1쇄 발행 2012년 06월 20일

지은이 | 양범주 목사
펴낸이 | 손형국
펴낸곳 | (주)에세이퍼블리싱
출판등록 | 2004. 12. 1(제2011-77호)
주소 | 서울시 금천구 가산동 371-28 우림라이온스밸리 C동 101호
홈페이지 | www.book.co.kr
전화번호 | (02)2026-5777
팩스 | (02)2026-5747

ISBN 978-89-6023-916-6 03810

시와 수필, 시사와 간증 그리고 성경이 함께 어우러진 영혼의 울림

죽을려면
차라리 그 각오로
살아라

양범주 목사

ESSAY

인사말

　죽음을 노래하는 이유는 삶을 찬미하기 위해서이다.

　이 책에는 표면적으로는 죽음이 가득하지만 그 속에는 삶과 하나님으로 인한 생명이 가득하다. 그것은 죄악으로 인한 죽음의 일들이 가득한 것 같지만 실상은 그 속에 하나님의 생명과 역사가 가득한 이 세상과 같다.

　이 책이 몸과 마음이 죽음 가까이에 있는 많은 인생들에게 삶이 되기를 소원하고, 무엇보다 하나님의 이름이 드러나기를 소망하며, 특별히 교회개척운동과 이 땅의 고난가운데 있는 이웃들에게 용기가 되기를 소원한다.

　특히 이 책이 나오기까지 기도해 주시고, 후원해 주신 거성교회 고은태 담임목사님과 수많은 동역자들 한분 한분께 진심으로 감사드린다.

또한 오늘날 나의 신앙을 출발하게 한 모교회인 남산교회와 아직도 기도하고 있을 애광의 동역자들께도 감사드리며, 아울러 함께 하고 있는 사랑하는 어머니와 아내, 누나에게도 깊은 감사와 사랑을 전한다.

2012년 6월

양범주

차례

죽을려면 차라리 살아라 1

8 | 양범주 목사

자살의 폭탄을 안지 말고..
희망으로 폭탄을 던져라..
목숨처럼..

분노의 폭풍에 빠지지 말고..
하나님을 폭풍처럼 붙잡으라..
한번이라도..

절망의 폭발대신..
잠시라도 소중함으로 폭발하라..
내 몸의 세포 하나하나가 생명처럼 웃으리니..

죽을려면 차라리 그 각오로 살아라..

치유의 광선

하나님께서 치유의 광선을 비추시면..

옛 바울 같은 자가 사도바울 되고..

38년도 병자가 순식간에 낫게 되고..

12해 혈루증 여인이 뿌리근원까지 마르게 되고..

맹인이 눈을 뜨고 죽은 자가 살아나고..

창녀 같은 자가 전도자가 되고..

삭게오 같은 자가 돌이키게 되고..

마른 뼈가 큰 군대 되고..

옥 터가 뒤흔들리고..

폭풍우도 잠잠케 되고..

땅 끝까지 구원된다..

온 세상을 무에서 유로 만든..

하나님의 치유의 광선이 있다..

지금도 비추시는 하나님의 광선..

영혼을 살리는..

병을 치유하는..

절망을 고치는..

죽음을 살리는..

불가능을 뒤바꾸는..

오히려 승리가 되게 하는..

모든 환경과 사람을 변화시키는..

하나님의 치유의 광선이 있다..

온 세상은 하나 1

저마다의 아버지의 아버지의 아버지의..
언젠가 결국 하나가 된다..
내가 오늘 호흡하는 공기가 너의 것이 되고..
나의 흘린 땀방울이 실 날보다 더 가는 강이 되어
너에게로 흐른다..
내가 보는 꽃과 나비는 너도 볼 수 있고..
나를 비추는 해와 달은 너의 것이 된다..

나에게 눈물이 있고, 웃음이 있듯이..
너의 눈물과 웃음이 다르지 않고..
네가 찾는 행복은 결국 내가 찾는 행복이고..
네가 두려워하는 상처는 나를 두렵게도 한다..
사람은 가정이 되고, 가정은 마을이 되고..
나라가 되고, 세상이 되고, 역사가 되고, 인류가
된다..

우리의 아들딸들이 자라 이 땅의 죄인과 위인으로
나누어지고..
모든 범죄자들은 해맑은 시절을 소유한 누군가의
아들이다..
용서와 사랑이 세상을 아름답게 하고..
용기와 믿음이 너와 나에게 새로운 생명이 된다..
지구도 하나이고, 한 우주 안에서 함께 호흡하듯..
한 하나님 안에서 우리 모두도 결국은 하나..

사랑과 죄악

사랑은..

햇살처럼 영혼을 빛나게 한다..

행복처럼 마음을 치유한다..

구원처럼 사람을 낫게 한다..

폭포처럼 희망을 내뿜는다..

천국처럼 가정을 채운다..

바다처럼 기업을 형통케 한다..

생명처럼 관계를 살린다..

불꽃처럼 다른 사람을 타오르게 한다..

마법처럼 인생을 새롭게 한다..

영원처럼 미래를 준비한다..

부흥처럼 나라를 흥왕케 한다..

기적처럼 세상을 뒤바꾼다..

사랑은 그러하다..

죄악은..

암흑처럼 영혼을 어둡게 한다..

종양처럼 마음을 아프게 한다..

질병처럼 사람을 상하게 한다..

마약처럼 희망을 짓밟는다..

맹독처럼 가정을 죽인다..

절망처럼 기업을 망친다..

폭풍처럼 관계를 날린다..

세균처럼 다른 사람을 타락시킨다..

폭탄처럼 인생을 망하게 한다..

죽음처럼 미래를 짓밟는다..

전쟁처럼 나라를 파괴시킨다..

멸망처럼 세상을 뒤집는다..

죄악은 그러하다..

예수님의 피

예수님의 피는 예수님의 목숨 값이다..

예수님 피의 권능은 온 우주보다 더 크신 예수님의 목숨 값만큼이다..

2000년 전에 흘렸던 예수님 피의 역사는..

오늘날 믿음으로 인해 재현된다..

믿음으로 인한 성령님의 역사에 의해 재현된다..

그러한 성령님의 역사에 의해 예수님의 목숨 값만한 은혜와 능력으로 재현된다..

예수님을 믿는다고 하면서 그 십자가 피를..

사모하지도 간구하지도 누리지도 못한다면..

온 우주만큼이나 우둔한 것이다..

심판만큼 불행한 것이다..

죽어 봤나

누구나 죽지 않고서는 죽음을 알 수 없다..

그러나 분명한 것은 죽으면 모든 게 끝난다..
생명도 끝난다..희망도 끝난다..사랑도 끝난다..
추억도 끝난다..행복도 끝난다..가족도 끝난다..
소중한 사람도 끝난다..내 어머니도..내 자녀도..나
자신도 송두리째..

끝나지 않는 것이 있다면..
남은 자의 아픔이다..
자신의 비겁함이다..
이름 뒤의 불명예다..

그리고 유족이 남는다..슬픔이 이어진다..
상처가 남는다..아픔이 이어진다..
절망이 남는다..어둠이 이어진다..

자살명이 남는다..자손대대로 이어진다..
그리고 영원한 지옥..

죽어 봤나..
죽을려면 차라리 살아라..

죽음보다 큰 것

죽음보다 더 큰 것은 전지전능하신 하나님이고..

죽음보다 더 큰 것은 주님께서 보이신 부활이고..

죽음보다 더 큰 것은 다시 있게 될 영생이고..

죽음보다 더 큰 것은 하나님께서 친히 주신 생명이고..

죽음보다 더 큰 것은 죽은 자도 살리는 하늘의 생기이고..

죽음보다 더 큰 것은 세상 그 어떤 것보다 큰 어머니의 사랑이고..

죽음보다 더 큰 것은 죽음도 돌이키게 하는 기도이고..

죽음보다 더 큰 것은 죽음 앞에서 감사하는 믿음이고..

죽음보다 더 큰 것은 죽음을 이기게 하는 용기이고..

죽음보다 더 큰 것은 죽음을 잊게 하는 따스한
마음이고..

죽음보다 더 큰 것은 죽음조차 극복하는
우정이고..

죽음보다 더 큰 것은 죽음 앞에서도 부르는
찬송이고..

죽음보다 더 큰 것은 죽을 각오로 살게 하는
자녀의 미소이고..

죽음보다 더 큰 것은 이유를 알 수 없게도..
단 한 마디 말, 생각, 소망, 순간, 각오가 된다..

죽고 싶었던 적

죽고 싶었던 적이 있었다..
아니 정말 죽을 것 같았다..
당장에라도 검사하면 정신병일 것 같았던..
밤이 되면 아침이 두렵고 아침에는 먹는 것조차
버거웠던..

그런데 참 아이러니하게도..
바로 그러한 시간이 나를 다시 살게 했다..
오히려 욕심과 불안과 번민의 나를 죽게 했다..
하나님의 영원하심에 뛰어들게 했다..

더욱 신기한 것은..
그와 함께 정말 두려움이 사라졌다..
죽음이 치료되었다..
웃음을 찾게 되었고, 행복을 알게 되었다..

하나님을 인정하지 못하겠다면..

적어도 다시 살 수 있는 방법은 있는 것이다..

누구나 다시 역전될 수 있는 것이다..

절망도 죽음도 웃음으로 행복으로..

나를 죽게 하고..

다른 사람도 죽게 하는 사람이 아니라..

가는 곳마다 생명의 광채 되고..

죽고 싶은 사람도 살게 하는 내일이 있다..

죽을려면 차라리 살아라 2

사람의 마음은 간사하다..
사람의 소유도 간사하고, 상황도 간사하고, 삶도 그러하다..

배부를 때 마음 다르고 배고플 때 마음 다르다..
화장실 오고 갈 때 마음 다르다..
아 다르고 어 다르다..내 다르고 네 다르다..
말 하나, 생각 하나, 순간 하나에 모든 것이 바뀔 수 있다..

열 번 죽고 싶다가도 한 번에 변하고..
열 번 좋아 하다가도 순간적으로 불행에 빠질 수 있다..
열 번 잘 되다가 한 번에 끝날 수 있고..
열 번 안 되다가 순식간에 역전될 수 있다..

죽을려면 차라리 그 각오로 살아라..

아직까지 나 자신과 주변상황이 변할 수 있는 것들이 남아 있다..

내 마음, 생각, 소유, 상황, 내 모든 삶이 순식간에 다를 수 있다..

누구나 절망은 있다..누구나 죽을 수 있다..

그러나 누구에게나 아직 기회가 남아 있다..

죽음은 그 다음이다..

삶은 살고자 하는 자의 편이다..

무엇보다 무에서 유를 창조하신 하나님의 힘이..

믿음 가운데 도우시는 하나님의 신적인 힘이 있다..

그 힘이 나를 새롭게 하고, 오히려 뒤바뀌게 한다..

죽을려면 차라리 그 각오로 살아라..

십자가

예수님의 목숨 값이 있는 십자가..
온 우주보다 크신 하나님의 목숨 값이 담긴 십자가..
성령님의 능력으로 오늘도 생생히 역사하는데..

그 어떤 죄악을 사함 받지 못할까..
그 어떤 질병을 치유 받지 못할까..
그 어떤 문제를 해결 받지 못할까..

마른 뼈 같은 자라도 큰 군대 되고..
귀신들린 자라도 믿음의 용사되며..
죽고 싶은 자라도 생명의 통로 되게 하는..

히틀러라 할지라도 죄 값을 씻을 수 있고..
지존파라 하더라도 새롭게 할 수 있으며..
억만 죄인인 나 같은 자라도 주님의 종 되게 하는..

예수님의 목숨 값이 있는 십자가..

온 우주보다 크신 하나님의 목숨 값이 담긴
십자가..

말씀과 기도 가운데 살아 역사하는 십자가..

그러니까 하나님이시지

내가 할 수 없다고..
하나님까지 못하시지 않는다..
세상에서 불가능하다고..
하나님까지 그러시지 않다..

영혼이 변하고 한 순간에 변하고..
인생이 변하고 완전히 변하고..
고민이 희락으로 바뀌고..
질병이 행복으로 바뀌고..
고난이 지나 연단이..
위기가 지나 역전이..
절망대신 찬란함이 ..
죽음대신 기적이..
무에서 유가 생기고..
온 우주라 하더라도 순식간일 수 있음은..

사람은 못하고..

세상은 안 되어도..

하나님께는 지극히 작은 일..

그러니까 하나님이시지..

한 사람 때문에

마음을 따스하게 하는 한 사람..

만나는 사람마다 따스하게 하는 한 사람..

가는 곳마다 따스하게 하는 한 사람..

목사의 마음이 따스하게 되고..

목사와 함께 교회가 따스하게 되고..

교회의 성도들이 따스하게 되고..

그들의 가정이 따스하게 되고..

이웃이 따스하게 되고..

일터가 따스하게 되고..

동료들이 따스하게 되고..

만남이 따스하게 되고..

동역이 따스하게 되고..

모임이 따스하게 되고..

마을이 따스하게 되고..

나라가 따스하게 되고..

열방이 따스하게 된다..

마치 밤새워 뒤덮은 이슬처럼..

소리 없이 번지는 들불처럼..

언제 그랬냐는 듯 온 세상이 따스하게 된다..

매서움도 그렇게 되지만..

따스함은 더욱 그러하다..

구원

예수님께서 목숨으로..

우리의 모든 질고와 슬픔, 허물과 죄악을 담당하셨고..

우리들에게 이미 모든 용서와 대속, 평화와 나음을 이루셨으니..

그 예수님으로 인해 우리의 영혼이 구원받고..

그 예수님으로 인해 우리의 죽음이 구원받고..

그 예수님으로 인해 우리의 심령이 구원받고..

그 예수님으로 인해 우리의 질병이 구원받고..

그 예수님으로 인해 우리의 장애가 구원받고..

그 예수님으로 인해 우리의 절망이 구원받고..

그 예수님으로 인해 우리의 불능이 구원받고..

그 예수님으로 인해 우리의 문제가 구원받고..

그 예수님으로 인해 우리의 관계가 구원받고..

그 예수님으로 인해 우리의 가계가 구원받고..

그 예수님으로 인해 우리의 자녀가 구원받고..

그 예수님으로 인해 우리의 자손이 구원받고..

그 예수님으로 인해 우리의 두렴이 구원받고..

그 예수님으로 인해 우리의 염려가 구원받고..

그 예수님으로 인해 우리의 고민이 구원받고..

그 예수님으로 인해 우리의 감기가 구원받고..

그 예수님으로 인해 우리의 나라가 구원받고..

그 예수님으로 인해 우리의 열방이 구원받고..

요나의 박넝쿨

박넝쿨을 하나님보다 더 사랑하고..
박넝쿨을 믿음과 소망과 사랑보다 더 사랑하고..
박넝쿨을 십이만 여명보다 더 사랑하고..
박넝쿨을 사명과 선지자와 목숨보다 더 사랑하고..

하룻밤에 낫다가 하룻밤에 망한 박넝쿨을..
그렇게도 사랑했던 자..
하나님께 불평하고 원망하고 따지면서까지 집착
했던 자..
알고 보면 그 사람은 이 세상에서 요나와 나..

삼위일체 하나님

눈이 나의 눈이고 보듯이..
코가 나의 코이고 냄새를 맡듯이..
입이 나의 입이고 말하듯이..
그리고 그 모두가 하나 되어 한 형상이 되듯이..

성부하나님은 하나님이시고 창조와 섭리..
성자예수님은 하나님이시고 구원과 대속..
성령님은 하나님이시고 깨달음과 역사..
그리고 그 모두가 언제나 함께 하여 한 형상의
하나님..

신학교와 운동

신학교에서 했던 정직하기 운동..

내가 정직해서 라기보다는 하나님의 뜻이기 때문에..

다른 사람을 정죄하기보다는 함께 살아야 하기

때문에..

사회에서도, 세상 사람들도 그보다 더 정직한 자

많기 때문에..

오늘의 모습은 10년, 20년 전의 힘없는 몸부림이었기

때문에..

신학교야말로 10년, 20년 뒤 우리 교회의 미래기
때문에..
목사의 미래, 가정의 미래, 나라의 미래이기
때문에..
그를 위해 예수님께서 목숨을 주셨기 때문에..
그와 함께 성령님께서 기뻐 역사하시기 때문에..
그 속에 진정한 평화와 행복, 형통이 있기 때문에..
그래야 세상 사람들도 따라할 수 있기 때문에..
무엇보다 그로 인해 하나님을 볼 수 있기 때문에..
나는 신학교에서 정직하기를 외쳤다..

오병이어

주님께서 물고기와 보리떡으로..
남자 오천 명을 먹이시고 남기는 기적을
일으키셨다면..
주님께서는 오늘..
나의 적은 물고기와 보리떡으로도 기적을
일으키신다..

나의 작은 기도, 물질, 시간, 섬김, 몸부림..
주님 앞에서 결코 작지 않다..
오병이어의 역사를 일으키기에 작지 않고..
그보다 더 큰 기적을 일으키기에도 결코 작지
않다..

학교문제

오늘날 학교문제가 심각하다..

그 책임은 교회에 있다...고 한다면 오버일까..

교회학교에서 영적전쟁을 할 수 있는 아이..

그렇게 영적전쟁을 하면서 기도할 수 있는 아이 한 명 한 명을 준비하지 못했다..

어린 시절부터 영적전쟁을 했던 다니엘..

그러한 다니엘은 자신이 포로 되게 했던 거대한 이방 나라를 오히려 뒤바꾸었다..

영적전쟁을 할 수 있는 한 사람..

가정을 바꾸고, 교회를 바꾼다..

학교를 바꾸고, 더 나아가 이 나라, 이 민족, 세상 열방까지 뒤바꿀 수 있다..

어둠의 영이 온 세상을 장악하고, 학교를 장악 하고자 하지만..

그러나 하나님은 더욱 강하시다..

하나님은 이기시는 분이시다..아니 이미 이긴
분이시다..

그 하나님께서 기도하는 자와 함께 하신다..

오늘도 사람을 사용하시어 친히 바꾸어 주신다..

학교에 하나님의 사람들의 손이 있어야 한다..

학교가 하나님의 손에 붙잡히게 해야 한다..

기도란

기도란 하늘을 뒤덮은 공기와 같고..
뿌리를 감싸고 있는 흙과 같으며..
바다의 물방울과 같다..

기도와 함께 하늘의 은혜가 뒤덮이고..
기도와 함께 하늘의 능력이 뒤덮이며..
기도와 함께 하늘의 축복으로 뒤덮이기
때문이다..

오늘도 그 기도에 뒤덮여..
내가 기도가 되고, 기도가 내가 된다..
그 속에서 하늘의 모든 은혜와 능력과 축복에
함께 뒤덮인다..

행복한 일, 힘든 일

똑같은 일이 행복한 일이 되고, 힘든 일이 된다..

사랑하는 사람을 위하고, 좋은 상황일 때..
그 일은 행복한 일이다..
똑같은 일이라도 억지로 하고, 힘든 상황일 때..
그 일은 고통스러운 일이 된다..

똑같은 일이지만..
노동이 되고, 효도가 되며..
때로는 사랑의 고백이 되고, 때로는 비명이 된다..
심지어는 죽음이 되기도 한다..

내 마음에 따라 많은 것이 달라진다..
어떻게 하느냐에 따라 죽음조차 천국이 된다..

하나님의 존재

하나님의 존재를 증명할 수 있는 방법은 있을 수 없다..

세상의 모든 학문과 과학이 우주의 티끌만큼도 안 되는데..

그 우주라 하더라도 하나님에 있어서는 먼지조차도 안 되기 때문에..

그러나 하나님의 존재는 수많은 부분에서 나타나고..

하나님의 존재는 결코 가려질 수 없으며..

생각지 못한 방법으로 시시때때로 증명이 된다..

어쩌면 참새 한 마리가 하나님의 존재를 증명하기 족할 줄 모른다..

인류가 만든 모든 인공물들은 그 만든 인간을 증명하고 있듯이..

온 세상의 모든 창조물은 전지전능한 존재를 증명하고 있다..

오늘날 모든 과학을 동원하더라도 참새의 날갯죽지 하나를 제대로 재현할 수 없는데..

혹 누군지는 모른다 하더라도 참새를 만든 존재는..

온 우주를 존재하게 한 존재는 상상 이상으로 지혜 있고, 능력 있는 존재이다..

하나님은 살아 계신다..
하나님을 알고 믿는 것이 능력이다..
행복이다..축복이다..

진정한 진보란

보수의 중심에 있던 청와대로부터 범법자들이 늘어간다..

법을 수호하는 경찰들이..

법을 만드는 국회의원들이, 심지어는 국회의장이..

법을 집행하는 판사들이 범법자들이 되고 있다..

더 나아가 수많은 종교인들이..종교의 지도자들이..

범법자들이 되고 있다..

그리고 그것을 신랄하게 비판하던 진보세력들이..

오히려 더 많이, 더 조직적으로 범법을 행했다..

진정한 진보란 비난에 앞서고 세를 불리는데 앞서는 것이 아니라..

다른 사람들이 도저히 지키지 못하는 법일지라도 앞서서 지키고..

다른 사람들이 도무지 행하지 못하는 일이지만
정의의 이름으로 고집하면서..
그 속에서 함께 변화되어 가는 것이다..
그 누구보다 뒤쳐진 이웃들을 당겨주며 함께
울고 함께 웃는 것이다..

21세기의 선악과

한 배우가 성추행으로 구속되었고..

그로 인해 한 순간에 모든 명예와 인기와 부귀가 사라졌다..

오히려 순식간에 부끄럽게 되었고, 고통스럽게 되었고..

구속되게 되었다..

한 최고위 공직자가 부정으로 난데없이 그렇게 되었고..

한 국회의원도 그렇게 되었고..

국회의장도, 한 공당의 대표도 그와 유사하게 되었다..

어떤 이는 죽고 싶은 고통을 당하였고, 어떤 이는 스스로 목숨을 끊었다..

그들은 바로 21세기의 선악과를 따먹은 것이고..

21세기의 아담과 하와가 된 것이다..

그리고 오늘 이 시간도 수많은 사람들이 그 선악과를 따먹고 있고..

수많은 사람들이 또 다른 아담과 하와가 되어가고 있다..

안식

시간에 묻혀 날을 잊는다..
매일에 묻혀 요일을 잊는다..

주님께 묻혀 나를 잊는다..
십자가에 묻혀 과거를 잊는다..

기도에 묻혀 근심을 잊는다..
말씀에 묻혀 인생을 잊는다..

그리고 주님을 찾다..
나를 찾다..생명을 찾다..

다니엘의 하나님

양범주 목사

다니엘의 하나님은 환관장의 마음을 긍휼과
은혜로 바꾸셨다..

다니엘의 하나님은 포로인 다니엘에게 그 왕이
절하게 하셨다..

다니엘의 하나님은 그 친구들을 풀무 불에서도
아무 해 없게 하셨다..

사람의 마음을, 이방 사람의 마음일지라도 긍휼과
은혜로 바꾸시고..

포로 된 자에게, 그것도 왕인 자가 절하게 역전
시키시며..

물리와 화학을 초월하여 아무 해가 없게 하시는
하나님..

그 하나님은 바로 모든 인생들의 하나님이시고..

오늘 이 시간 바로 나의 하나님이시며..

"

지금도 살아 역사하시는 만군의 주 여호와 하나님이시다..

오늘도 하나님께서는 내가 염려하는 사람의 마음을 바꾸시고..

오늘도 하나님께서는 꿈도 꾸지 못할 상황도 만드시며..

오늘도 하나님께서는 내 모든 현실을 초월하신다..

약점과 강점

한 뚱뚱한 역도 선수, 여자 역도 선수에게 말했다..
너의 뚱뚱함이 얼마나 부끄러웠냐고..

그러나 그녀는 말했다..
바로 그로 인해 세계에서 금메달을 땄다고..

내 누이와 엄니라면

오늘 위기 가운데 내가 외면한 여인은..

내 누이와 엄니 같은 사람일 수 있고..
내 누이와 엄니를 감싸는 어두움이고..
내 누이와 엄니의 어두운 내일이고..
내 누이와 엄니도 그렇게 될 수 있다..

영적성장

예전에는 암과 불치병에..
다만 슬퍼했다..절망했다..
그러나 이제는 기도한다..소망한다..

예전에는 풍랑과 사건에..
두려워했다..피하고자만 했다..
그러나 이제는 싸운다..기대한다..

예전에는 부귀와 정욕에..
유혹되었다..끌려 다녔다..
그러나 이제는 뒷걸음친다..던져 버린다..

예전에는 시험과 죄악에..
넘어졌다..찢기었다..
그러나 이제는 또 넘어지더라도 돌이킨다..십자가
붙잡는다..

예전에는 사람에, 세상에..

모든 소망 두고, 정열이 넘쳤다..

그러나 이제는 주님 사랑한다..주님만 사랑한다..

이제 예전은..

예전이 되었다..

이제는 주님 안에서 능치 못함이 없다..

가장 높은 자리

주님 외에 가장 높은 자리는..

가장 낮은 자리이다..

왜냐하면 그 가장 낮아진 끝자리에..

가장 높으신 우리 주님께서 계시기 때문이다..

말씀 1

무에서 유로 온 세상을 창조케 하신 말씀..

지금도 살아 좌우의 날선 검과 같은 말씀..

하나님께서는 말씀으로 세상을 창조하시고 다스리시고..

예수님께서는 말씀이 육신이 되시어 그 말씀을 이루셨고..

성령님께서는 그 말씀을 기록하시고 깨닫게 하시고 성취케 하셨고..

그 말씀은 교회를 있게 했다..

그 말씀은 믿음을 있게 했다..

그 말씀은 예배를 있게 했다..

그 말씀은 하나님의 법..

그 말씀은 하나님의 다스리심..

그 말씀은 하나님의 나라..

신앙에 말씀이 없다면 미신..

기도에 말씀이 없다면 주술..

찬양에 말씀이 없다면 가요..

모든 역사는 말씀대로 이루어진다..

모든 은혜는 말씀대로 경험된다..

성령 충만도 말씀에 의해서이다..

지혜

사람들은 지혜를 한평생 갈망한다..

사람들은 지혜를 찾아 땅 끝까지 찾아 헤맨다..

그러나 그렇게 지혜를 얻는다 한들 꼭 한 사람
만큼이다..

그러나 하나님의 지혜는 온 우주보다 크시다..

모든 지혜의 주인은 하나님이시다..

하나님의 지혜는 온 우주보다 크시다..

하나님께서 솔로몬에게 지혜를 주시니 최고의
왕이 되었다..

하나님께서 지혜와 함께 총명과 넓은 마음,
부귀와 영광, 화평까지 더하셨다..

세상의 모든 것이 하나님의 손에 있다..

하나님께서 허락지 않으시면 세우는 자의 수고가
헛되다..

그 하나님께 지혜가 있다..총명, 넓은 마음, 부귀,
영광, 화평이 있다..
바로 그 하나님께 우리의 모든 생명이 있다..

한평생 하나님을 갈망하라..
땅 끝까지 하나님을 구하라..
한평생 하나님을 갈망하라..
땅 끝까지 하나님을 구하라..

평안

참된 평안은 오직 하나님으로 가능하다..

다윗이 오직 하나님을 사모했을 때 그 모든 지경은
화평했다..

하나님께서 온 지경을 평안케 하신다..

하나님께서 죄악과 어둠과 고통의 영을 떠나가게
하신다..

하나님께서 모든 평안의 주인이시다..

하나님께서 평화와 용서와 사랑의 영으로 충만하게
하신다..

그 하나님께서만이 우리를 잘 아시기 때문이다..

그 하나님께서만이 상대를 잘 아시기 때문이다..

그 하나님께서만이 범사를 잘 아시기 때문이다..

그 하나님께서만이 모든 것을 막으시기 때문이다..

그 하나님께서만이 모든 것을 행하시기 때문이다..

그 하나님께서만이 모든 것을 통치하시기 때문이다..

평안케 하는 하나님의 영이 있다..

그 어떠한 어려움도 뒤바꾸는 하나님의 절대적인 평안의 영..

평안케 하는 예수님이 십자가가 있다..

그 어떠한 상처도 낫게 하는 십자가의 절대적인 화평..

평안케 하는 말씀이 있다..

그 어떠한 상황에서도 살아 역사하시는 좌우에 날선 검과 같은 말씀..

오직 하나님 안에서 모든 것이 평안하다..

평안의 주인께 다만 평안을 구하라..

더러운 것은 버리고 어린아이의 마음으로 소망하라..

작은 신음에도 응답하시고..

온 세상을 평화의 강물로 덮으시길 원하시는
하나님께서..
어느새 내 심장 구석구석, 내 세포 하나하나까지
평화하게 하시리니..

오직 그 하나님 안에서 평안하라..

말씀 2

말씀이 온 땅을 창조했다면..
그 말씀은 생명이다..능력이다..지혜다..
보이는 것과 보이지 않는 모든 역사이다..

말씀이 모든 것을 창조했다면..
그 말씀은 오늘 내 안에서 읽고 듣고 믿을 때..
치유가 된다..회복이 된다..평안이 된다..
내 안에도 모든 창조가 된다..

오직 말씀만으로 절망에서 기쁨으로 역전되고..
죽음의 골짜기도 큰 군대의 골짜기로 새롭게
창조된다..
그 말씀이 오늘도 살아 역사한다..
그 말씀과 함께 성령님께서 변함없이 또 다른
창조를 하신다..

온 세상은 하나 2

온 세상은 하나님 안에서 하나로 연결된다..
꽃과 나비..새와 하늘..물고기와 바다..
모든 나무와 동물과 사람들까지..

집과 빌딩과 마을과 나라들도 연결되고..
서로의 아픔과 기쁨, 땀과 눈물들..
모든 용서와 사랑과 행복들까지..

작은 먼지에서부터 거대한 회오리바람, 지구와
우주가 연결되고..
무수한 생명과 생명, 존중과 격려 한마디 한마디들..
모든 과거와 현재와 영원까지..

시공초월

집에 있는 종을 위해 간구한 백부장에게..
주님께서는 그 어느 누구보다 믿음 있다 하셨다..
그리고 그 즉시 그 종의 병을 고치셨다..
주님의 역사는 시공을 초월하신다..

그렇다면 오늘 우리의 병도 고치신다..
우리와 떨어져 있는 자들의 병도 고치신다..
더 멀리 떨어져 있는 자들의 병도, 지구 반대편에도
고치신다..
오직 믿음 가운데 주님께서는 시공을 초월하여
역사하신다..

백부장과 그 종 사이를 고치셨다면 오늘 우리들
사이도 고치시듯..
오늘 우리의 시공이 백부장과 그 종보다 크다면..
우리의 믿음이 가장 큰 것이 된다..

예수님께서 백부장과 그 종에게 역사하셨다면..
오늘 우리와 지구 반대편에 있는 자에게도
역사하신다..

다만 믿음이 문제이다..
믿음이 있다면 주님께서 역사하신다..
참으로 주님의 역사는 시공을 초월하신다..
주님께서 역사하신다면 모든 것도 초월하신다..

사랑

원수라도 사랑할 수 있음은..

죽이고 싶을 정도였어도 사랑할 수 있음은..

그에게 주님의 생명이 있기 때문이고..

그라도 나의 주님께서 사랑하셨기 때문이고..

그를 위해 목숨까지 주셨기 때문이고..

원수라도 사랑할 수 있음은..

죽이고 싶을 정도였어도 사랑할 수 있음은..

나의 깊은 곳에 그를 사랑할 수 있는 능력이 있음이고..

나에게 하나님께서 사랑할 수 있는 힘을 주시기 때문이고..

나를 사랑하도록 성령님께서 역사하시기 때문이고..

원수라도 사랑할 수 있음은..

죽이고 싶을 정도였어도 사랑할 수 있음은..

그와 주님의 긍휼이 함께 하시기 때문이고..

그도 주님 안에서 새로워질 수 있기 때문이고..

그라도 주님께서 변화시키실 수 있기 때문이고..

무엇보다 나 같은 자도 주님께서 가장 사랑
하셨기에..

마지막 피한방울까지 목숨으로 사랑하셨기에..

하나님의 크기

하나님께는 우주라 하더라도 먼지..
우주의 끝을 지나 그 담은 그릇이라도 하나님
옷자락에 못 미치네..
하나님께서 역사하시면 말기암이라도 순식간에
치유되고..
죽은 지 나흘이라도 말씀 한마디로 살리시네..

하나님께서는 모르시는 것이 있을 수가 없고..
이미 있기 전부터, 영원에 이르기까지 아시네..
하나님께서는 영원보다, 무한대보다 크시고..
도저히 이해가 어려워도 생생히 살아 역사하시는
하나님..

그러니까 귀신이지

귀신은 아담과 하와처럼 죄악을 일으키고..
귀신은 유다처럼 사람의 모습으로 역사하고..
귀신은 거라사 광인처럼 인생을 송두리째 삼키고..
귀신은 염려와 근심과 미움과 다툼의 주인이고..
귀신은 상처와 불행과 질병과 사고를 주장한다네..

모든 인생들아 어둠의 영으로 살지 마라..
귀신에게 아예 가지를 마라..
꼭 그만큼 귀신에게 붙들린다..
내 모든 것이 망하고..가정이 망하고..마을이 망한다..
그게 귀신이다..

귀신은 절대 좋게 할 수 없다..
귀신은 반드시 해롭게 한다..
더 이상 물리치지도 못한다..
순식간에 벗어나지도 못하게 된다..
그러니까 귀신이지..

베트남의 밤하늘

베트남의 밤하늘은 그 나라의 영적상황만큼
어둡다..

그러나 그 베트남의 밤하늘 아래에서 기도할
수는 있다..
너도, 나도, 누구나 할 수 있다..
그리고 하나님께서는 그 기도를 들으신다..
분명 그 베트남도 변할 수 있는 것이다..

어느 곳에서나 기도할 수 있다..
교회에서도..골방에서도..화장실에서도..
버스에서도..땅 끝에서도..
누구나 기도할 수 있다..
유대인도..헬라인도..목사도..초신자도..사망의
음침한 골짜기에 선 자도..
하나님께서는 역사하신다..

병든 자도..죽은 자도..홍해에서도..폭풍우
속에서도..우주를 움직여서라도..

그 어느 곳도 변화될 수 있다..

우리 가정도..우리 환부도..우리나라도..북한도..
세상 반대편도..

복음

상상할 수 없는 죄악도 깨끗이 용서받음은..
예수님의 목숨 값이 더 크기 때문이라..

죽음보다 더 큰 절망도 온전히 해결됨은..
예수님의 목숨 값이 더 크기 때문이라..

불가능한 문제도 오히려 역전됨은..
예수님의 목숨 값이 더 크기 때문이라..

저주하는 미움도 사랑이 될 수 있음은..
예수님의 목숨 값이 더 크기 때문이라..

내게 능력주시는 자 안에서 모든 것을 할 수
있음은..
예수님의 목숨 값이 더 크기 때문이라..

온 세상, 온 우주라 할지라도 결코 대단치
않음은..
예수님의 목숨 값이 더 크기 때문이라..

그 무엇보다 나 같은 자가 변하고 오늘이 있음은..
예수님의 목숨 값이 더 크기 때문이라..

회개

회개와 함께 죄악이 깨끗하여짐은..
하나님께서 말씀으로 약속하셨고..
예수님께서 목숨으로 이미 대속하셨고..
성령님께서 그 속에 역사하시기 때문이라..

회개와 함께 누구나 달라지는 것은..
누구나 회개할 수 있기 때문이고..
단지 회개만으로 충분하기 때문이고..
회개 가운데 상상도 할 수 없는 축복이 준비되어
있기 때문이라..

회개와 함께 능력이 나타남은..
회개를 기뻐하시는 하나님께서 일하시고..
하나님의 능력을 막고 있는 죄악이 사라지고..
회개로 인해 전지전능하신 하나님께로 돌이켜
짐이라..

회개와 함께 또다시 기쁨으로 시작함은..

이미 베드로가, 바울이, 모든 제자들이 그러했기 때문이고..

그들은 나보다 결코 작지 않은 허물이 있었기 때문이고..

그럼에도 불구하고 가장 위대한 자리에 서게 되었기 때문이라..

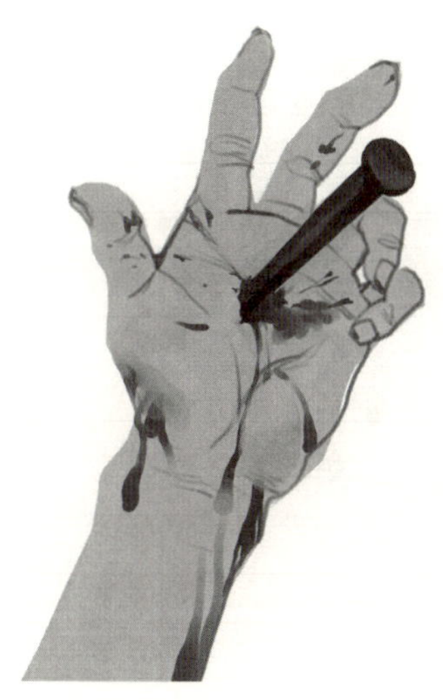

공간

방은 참 좁다..
아무리 큰 방도 사방이 나를 감싼다..
방은 참 넓다..
크고 작은 수많은 물건들이 들어간다..

세상은 참 좁다..
누구든, 어디든 갈 수 있다..
세상은 참 넓다..
수많은 사연들이 가득 차 있다..

마음은 참 좁다..
자그만 일에도 아파한다..
마음은 참 넓다..
죽고 싶은 일도 행복으로 바꿀 수 있다..

하나님의 아이들

하나님의 아이들에게..
하나님께서 결코 죽음을 허락지 않으신다..
만일 그러하다면..
영생의 죽음일 것이다..

하나님의 아이들에게..
하나님께서 반드시 생명을 책임져 주신다..
그것을 굳이 설명하자면..
가뭄에도 마르지 않는 시냇가에 심은 나무이다..

잠과 죽음의 차이

잠은 깰 수 있다..

언제든 깰 수 있다..

꿈이 있다..

기억이 있다..

안식이 있다..

소망이 있다..

내일이 있다..

가족이 있다..

해야 할 일이 있다..

시공이 있다..

기회가 있다..

역전이 있다..

생명이 있다..

불굴이 있다..

영혼이 있다..

성령이 있다..

꿈꾸는 삶이다..

군대에서

군대에서..
고참은 우리를 심심하면 때렸다..
잃어버린 물건은 훔쳐서라도 채우라고 했다..

그렇게 맞을 때..
그렇게 훔치라고 할 때..
그대로 순응한다면 크리스찬이 아니라는 고민이..
그 속에서 두려워 떨었던 비겁함이..
그 속에서 눈치에 민감했던 허약함이..
나를 더욱 힘들게 했다..

그러나 더욱 힘들었던 것은..
어느 순간 내가 그들의 자리에 섰을 때..
나도 그들을 따라 함께 때리고..
나도 그들을 따라 함께 훔치게 하고..
그런 구조가, 그런 본능이..
나를 압도할 것 같은 예지였다..

바로 그때 나의 모든 의지는 하나님..

하나님을 찾고 또 찾고..

그러면서 가슴으로 몸부림친 것은..

맞아도 그렇게 하지 않으리..

정말 맞겠다..

나는 이미 나를 떠난 순간이었다..

말로 설명할 순 없지만..

더 이상 두렵지 않았고..

불안도, 비겁함도, 막막함도, 본능도 나를 떠나..

믿음과 소망, 용기와 강력에 자리를 내어 주며..
더 나아가 하나님께서 모든 환경을 다스려 주시고..
바로 그런 나를 사용하시어 상황을 막으시고..
변화를 여셨다..

마치 그 뜻대로 믿는 자에게..
얼마나 생생하게 살아 역사하시는지 보여주시고자
하는 것처럼..
하나님께서는 군대에서도 그렇게 행하셨다..

모든 힘은 하나님의 것

모기 한 마리도 못 잡는 게..
어찌 내 가정을 지키느냐 말하지 말라..
한 나라를 다스리는..
대통령도 모기를 잘 못 잡는다..
모든 힘은 하나님의 것..
세상 그 어느 힘이 하나님으로부터 나지 않는 것
이 있나..
우리가 하나님 안에, 하나님께서 우리 안에서..
무얼 하든 참된 힘이 된다..

갱생

주님을 세 번이나 부인했던 베드로도 변했고..

주님 믿는 자들을 잡아 가두었던 옛 바울도
변했고..

남편 다섯이 있었던 사마리아 여인도 변했고..

귀신들렸던 거라사 광인도 변했고..

십자가에 달릴 정도로 범죄 했던 자도 변했다..

교회를 평생 욕하던 사람이 변했고..

깡패두목이었던 자가 변했고..

무당이 변했고..

사악한 종교의 괴수였던 자가 변했고..

사람을 장난으로 죽였던 지존파도 변했다..

수많은 인생이 완전히 변했고..

가정 가정이 통째로 변했고..

지역과 나라와 온 세상이 변했고..
자손대대로 변했고..
무엇보다 나 같은 사람이 변했다..

그 어떠한 상황도 변할 수 있고..
마른 뼈도 변할 수 있고..
히틀러 같은 자도 변할 수 있고..
북한도 변할 수 있고..
안 된다는 것 외에 모든 것이 변할 수 있다..